經典 ○
少年遊

007

牡丹亭
杜麗娘還魂記

Peony Pavilion
Romance in the Garden

繪本

故事◎黃秋芳
繪圖◎林虹亨

好消息，好消息！國家終於平安啦！太守杜寶，妻子在戰亂中失散，女兒因病早逝，仍然堅守崗位，打敗圍城大軍。就在他高陞丞相的慶功宴上，居然有人假冒他的女婿，聲稱娶了他早已死去的女兒。杜丞相氣得把騙徒吊起來審問。

「讓開，讓開！」報喜儀仗隊撥開人群，對著人群大吼：「這是怎麼一回事？」他們救下吊在樹上的書生，大聲宣告：「這是我們大宋國的新科狀元柳夢梅啊！」

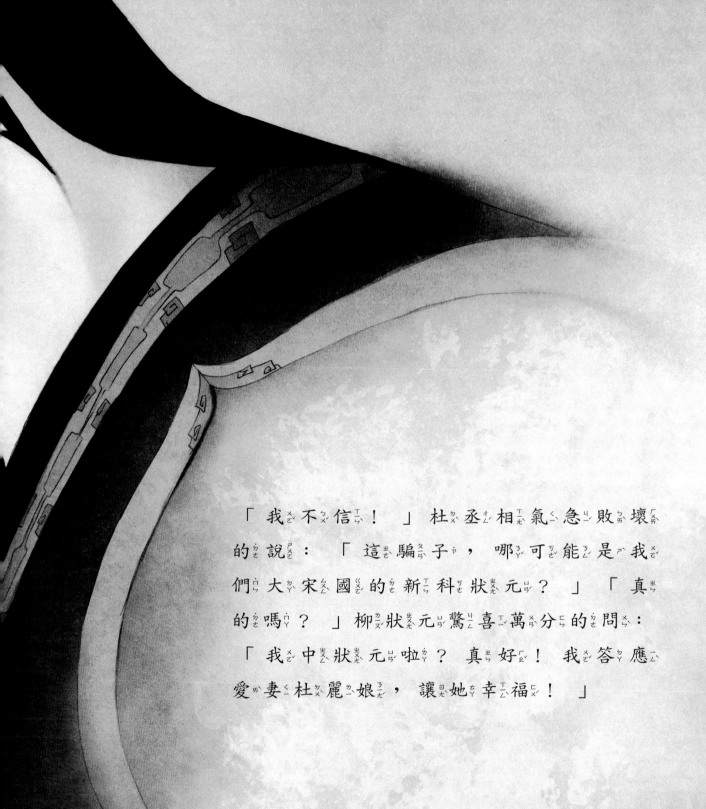

「我不信！」杜丞相氣急敗壞的說：「這騙子，哪可能是我們大宋國的新科狀元？」「真的嗎？」柳狀元驚喜萬分的問：「我中狀元啦？真好！我答應愛妻杜麗娘，讓她幸福！」

「胡說！杜麗娘早就死啦！」
杜丞相冷冰冰：「一定是妖怪，
假稱是我那早夭可憐的女兒。」
「杜麗娘早就活過來了！」柳
狀元熱呼呼：「為愛妻，我越
烽火，奔千里，來看她辛苦抗
戰的老父親。」

9

金鑾殿，辯真相，大家愈說愈生氣。杜丞相說：「我嚴管女兒；認真公事；保家衛國。」柳狀元應：「你顧家，卻不了解家人；敬業，卻丟下孤墳裡的女兒；愛國，怎麼還拷打國家棟梁？」

金鑾殿，辯分明，皇帝愈聽愈糊塗。一邊是有功的杜丞相說得有理：「女兒早夭，何來女婿？」一邊是新科的柳狀元說得稀奇：「妻子還魂，千里尋親。」

杜丞相請來女兒的家教老師，老
秀才陳最良，出庭當人證。陳秀
才回顧往事，杜麗娘天性聰明、
學習認真，而且家教嚴格，很少
出門，竟沒發現太守官邸後院，
藏著一座美麗的後花園。

14

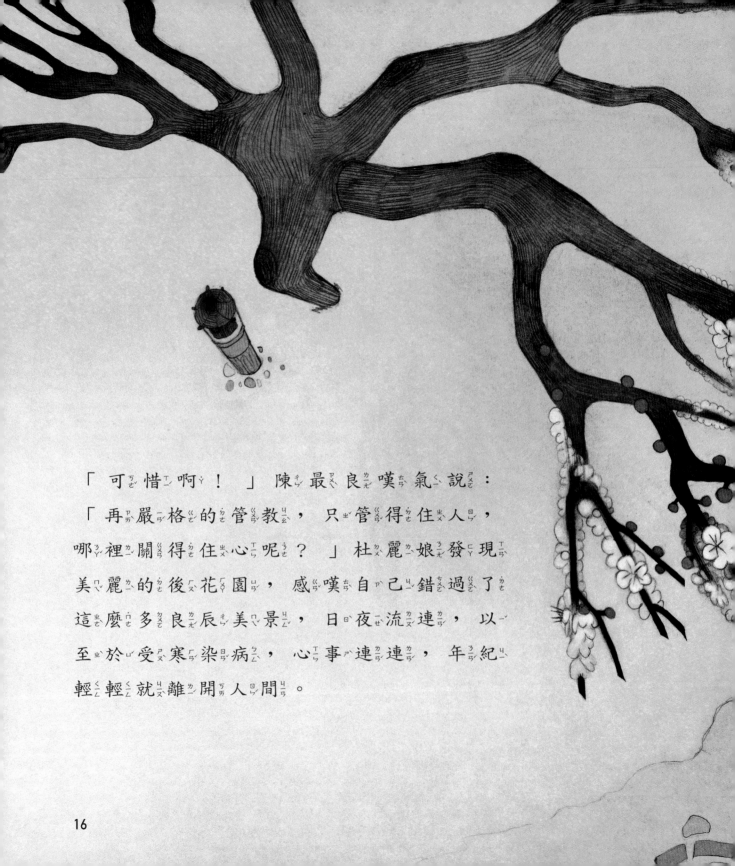

「可惜啊！」陳最良嘆氣說：
「再嚴格的管教，只管得住人，
哪裡關得住心呢？」杜麗娘發現
美麗的後花園，感嘆自己錯過了
這麼多良辰美景，日夜流連，以
至於受寒染病，心事連連，年紀
輕輕就離開人間。

「可憐啊！」陳最良嘆氣說：「傷痛剛發生，金兵南下，杜太守就收到移軍守城的派令。」杜太守答應女兒臨終前的要求，把她葬在花園裡的老梅樹下。修墳墓，建道觀，連年請人掃墓、上香，還拜託家教老師就近管顧。

「可惡啊！」陳最良又嘆氣：「我可憐這柳夢梅病臥雪地，奄奄一息，好心送他到道觀養病。沒想到，他盜墓、開棺，匿形消跡，不見人影。」究竟，柳夢梅有沒有「盜墓」？到底，杜麗娘是人？是妖？還是鬼？

杜麗娘，走進金鑾殿。父親別過頭去，懷疑她是妖異化身，不肯相認。老師也作證，多年前遊園夢魘，她早已魂飛歸天。沒人憐惜，她的人生，最可貴的，就是這第二次機會。

23

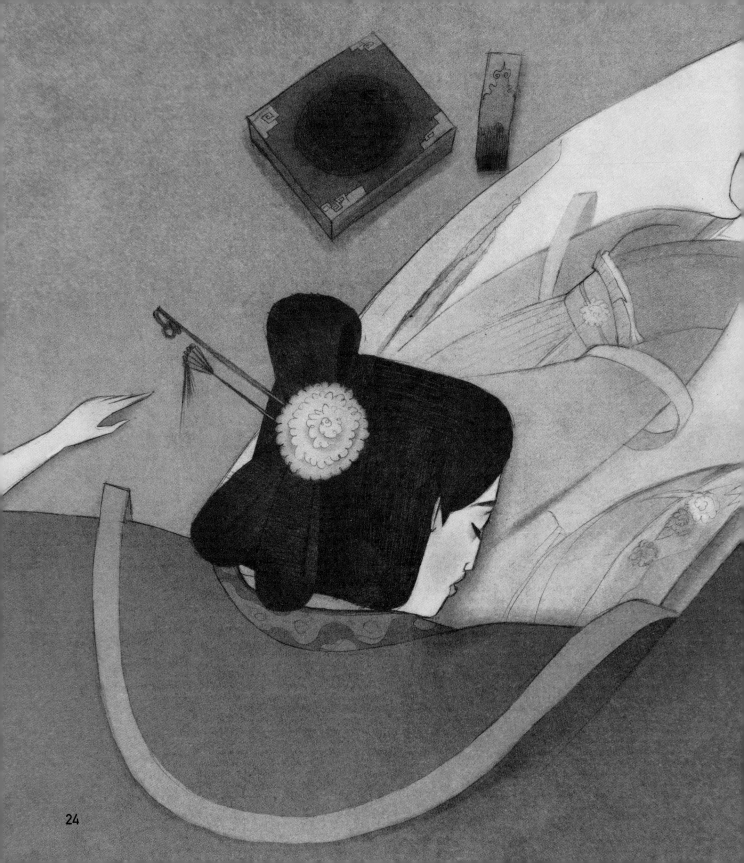

杜麗娘回想起那片美麗的花園，在夢中，她和柳夢梅論詩、談心，度過愉快的時光。夢醒後，她日夜思念那個美夢，耗盡力氣，最終病倒。臨終前，她畫了自己的肖像，請家人把畫像埋在老梅樹邊的湖山石下。

情深義重的杜麗娘，忘不了生前的
眷戀。好心的地獄判官，沒想到世
界上竟有這樣超越生死的深情，留
住她一縷芳魂，領她復活重生。還
囑咐她，珍惜自己，等待著圓夢的
那個人來。

勇敢的杜麗娘，感慨金鑾殿的冰冷：「一步步戰戰兢兢，竟比那地獄冥府更森嚴。」深情的杜麗娘，感謝柳夢梅的溫暖：「縱然有千萬種害怕，還是要謝謝他，為我背罪名，盜墓開棺，生死相隨。」

柳夢梅回想起道觀養病，老梅樹邊，湖山石下，拾得畫像，覺得似曾相識。那遙不可及的畫中女子，幾次深夜相見。他愈來愈被她的多才多情所感動，即使陰陽兩隔，仍然無悔相愛。

柳夢梅發現杜麗娘元神仍在，準備助她還魂，就找道姑和小童幫忙。他們祭了神靈和墳塋，還請土地公公來開山。只可惜，還魂時，遇到陳最良來探園，只好上船，一起逃出道觀。

金鑾殿，辯分明，真相愈說愈離奇。杜麗娘，提證據：「給我一面鏡子，照出我的形，證明我不是妖；讓我走進陽光裡，映出我的影，我也不是鬼。還有我那親愛的母親，雖因戰亂離散，最後和我相見又相親。」

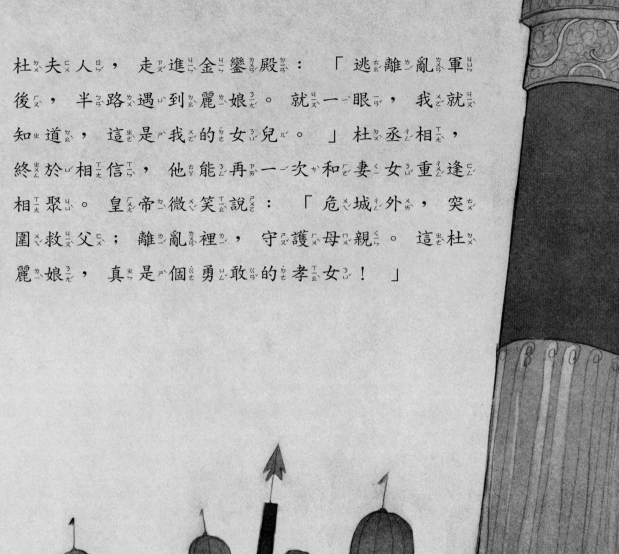

杜夫人，走進金鑾殿：「逃離亂軍後，半路遇到麗娘。就一眼，我就知道，這是我的女兒。」杜丞相，終於相信，他能再一次和妻女重逢相聚。皇帝微笑說：「危城外，突圍救父；離亂裡，守護母親。這杜麗娘，真是個勇敢的孝女！」

真相終於說清楚，　大家團圓領
聖旨。　丞相進階；狀元晉官。
杜夫人和杜麗娘，　五花封誥，
獲頒金鑾殿最華麗的榮耀。

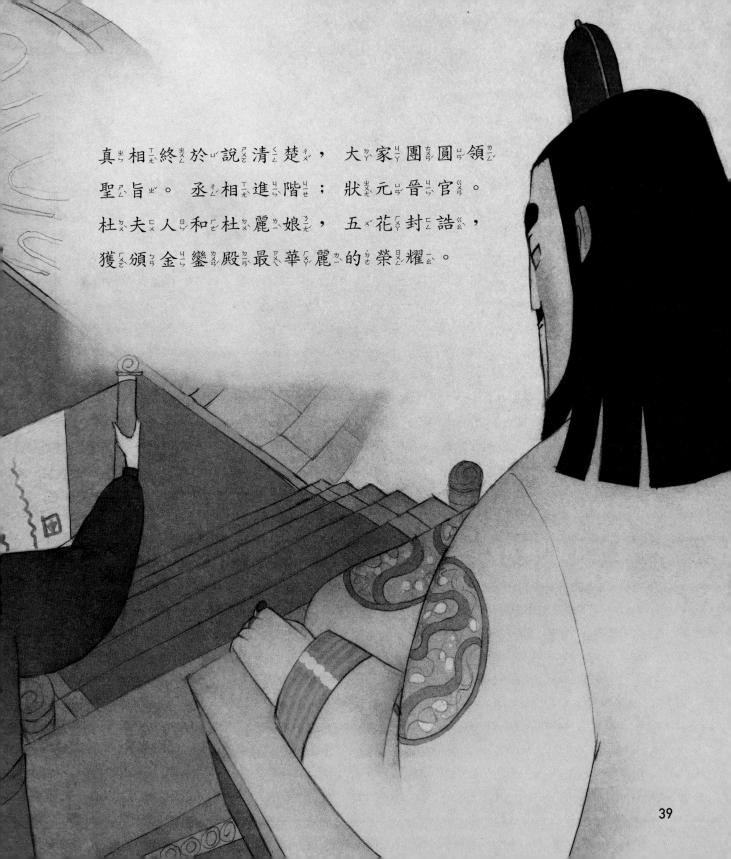

柳夢梅和杜麗娘，彷彿坐上「輪迴磨」，充滿眼淚和歡笑。金鑾殿的真相辯，好像揮出「隨風舵」，划開懷疑和氣惱。牡丹亭，會真情，人人幸福又逍遙。

牡丹亭
杜麗娘還魂記

讀本

原典解說◎黃秋芳

湯顯祖生命中的幾位師友與阻礙他前途的人，都對他造成深遠的影響，令他創作出表現反抗精神的《牡丹亭》。

TOP PHOTO

湯顯祖（1550～1616年），字義仍，明朝大文豪。他出身書香門第，因為不願意屈服在權威之下，所以考試、求官都很不順利。棄官回鄉後，專心致力於戲劇與文學創作。在代表作《牡丹亭》中，杜麗娘打破古禮，爭取女性的感情自主，也表現出湯顯祖對於自由思想的追求與渴望。

湯顯祖

相關的人物

羅汝芳

羅汝芳是明朝有名的思想家，是泰州學派的代表人物之一，曾教授過湯顯祖。他為官廉明，政績斐然，同時對於理學鑽研有道，也開課講學。湯顯祖受到他的影響，奠定了自己獨立的思維視角，並且直接反映在生活、從政和戲劇創作上。

李贄，號溫陵居士，是明朝的思想家、泰州學派的一代宗師。他駁斥當時主流的程朱理學思想，因此被評為異端而遭受迫害過世。他反對封建思想，主張男女平等與自由婚姻，和當時以儒家為主流的社會格格不入。這些思想對湯顯祖也有很深遠的影響。

明虎邱真可紫柏禪師

TOP PHOTO

達觀禪師（上圖），號紫柏。達觀和湯顯祖因為詩而結緣，兩人一起討論佛法，湯顯祖更受記為達觀門下弟子，法號「寸虛」。達觀禪師因為上書朝廷，請求減免人民採礦的徵稅，竟被奸臣陷害入獄，在獄中圓寂。湯顯祖對達觀禪師極為推崇，並受到他禪學思想的影響。

張居正，明代政治人物，改革家。最主要的政績為推行「一條鞭法」，簡化了明朝的稅收制度，也增加了國家的收入。為官期間，掌握了朝廷主要大權，因此埋下禍根，在他死後全家被明神宗抄滅。湯顯祖進京趕考時，張居正四處拉攏有名的士人，湯顯祖不肯接受，結果兩次考試都沒考上，一直到張居正死後的隔年，才考中進士。

沈懋學，字君典。年輕的時候和湯顯祖一樣富有才氣，兩人都是當時的名士。宰相張居正拉攏他們時，遭到湯顯祖拒絕，而投靠權貴的沈懋學則在後來的考試榜上有名，成為狀元。

沈德符是明朝文學家，他的祖父、父親都是科舉出身，因此擁有良好的家學淵源。他所撰《萬曆野獲編》一書，記載了明神宗以前的朝章國故，並保存有關戲曲小說的資料。湯顯祖的作品不管在當時還是對於後世都有很大的影響力，沈德符就曾稱讚說：「《牡丹亭》一問世，幾乎都要讓《西廂記》減價了。」

湯顯祖是不向權力低頭的人，所以在功名路上常常受挫。
豐富的人生歷練因而造就出傑作《牡丹亭》。

1550 年

湯顯祖誕生在江西的一個書香世家。他從小就很聰明，生活雖辛苦，依然努力的上進求學。在家人和老師的影響下，養成他正直的個性，認為就算不去投靠有權力的大官或貴族，也能順利通過考試得到官位。左圖為江西撫州湯顯祖紀念館牡丹亭。

TOP PHOTO

出生

相關的時間

舉人

落榜

1570 年

湯顯祖很小就開始創作，年紀輕輕便有才名。他十二歲寫的詩〈亂後〉，是他現存詩文中年代可考的最早的一篇。二十一歲這年，就考上了舉人。

1577 年

當時的首相張居正，極力網羅有才名的文人作為日後兒子上榜後的陪襯，湯顯祖不願意被拉攏，於是這年考試失敗了。落榜後，他寫了〈廣意賦〉來排解心中的煩悶，之後便以「海若」為號。三年後，同樣因為拒絕張居正的拉攏，再次落榜。

1583 年

一再打壓湯顯祖考試結果的首相張居正，在前年已經
過世了。三十四歲的湯顯祖這年再度應考，終於考中
了進士，卻開始了接下來坎坷不順的仕途。

TOP PHOTO

進士

1587 年

湯顯祖十年前的未成稿《紫簫記》，因為被認為是在影射當時的政治，
所以沒有寫完就停筆了。直到這年前後，湯顯祖才把這份稿子拿出來
改編，完成了《玉茗堂四夢》之一的《紫釵記》。上圖為《紫釵記》
中〈哭收釵燕〉與〈凍賣珠釵〉的插圖。

紫釵記

1591 年

在南京擔任官職的湯顯祖，出於對政治積弊的不滿，上奏了〈論輔臣
科臣疏〉。內文不只彈劾大臣，還激烈的抨擊朝廷，因此觸怒了神宗
皇帝。一道聖旨，湯顯祖就被放逐到雷州半島，貶謫為徐聞縣典史。

徐聞典史

1593 年

因為遇到赦免，湯顯祖從徐聞縣典史調任到浙江遂昌當
知縣。在任期間，他建造了射堂和書院，鼓勵農耕和畜
牧，遂昌因此漸漸興盛起來。由於湯顯祖的勤政和操守，
讓遂昌人民直到今天都還很感念他。

遂昌知縣

棄官

1598 年

湯顯祖知道有人在暗中進讒言中傷他，於是主動提出辭呈，還沒等到批准結
果，他就已經揚長而去，棄官回鄉了。後來，他在家鄉臨川建了「玉茗堂」，
將往後的歲月致力於文學和戲劇創作。《牡丹亭》即創作於此時。

湯顯祖生於民間文藝勃興的明代，受到文風等各類事物的影響，他不僅喜愛民間藝術，還投入畢生心力創作戲劇。

TOP PHOTO

《牡丹亭》，又名《還魂記》，是湯顯祖最得意的劇作。內容取材自明代小說《杜麗娘慕色還魂》，湯顯祖予以改編，描述官家少女杜麗娘與青年書生柳夢梅離奇曲折的愛情故事，藉此批評明代束縛人心的禮教。此劇一問世即大獲好評，尤其深受年輕女性讀者喜愛，甚至有入戲太深以致抑鬱而終的傳說。上圖為《牡丹亭》中〈尋夢〉與〈驚夢〉兩齣插圖。

牡丹亭

相關的事物

崑曲

崑曲是一種結合了唱念作打、舞蹈、武術等多種元素的表演藝術，發源於元末明初的崑山。很多劇種都是以崑曲為基礎發展出來的，對於明清時期的戲曲影響極大，因此被稱為「中國戲曲之母」。著名的表演劇目如湯顯祖的《牡丹亭》、孔尚任的《桃花扇》等。

俞二娘是《牡丹亭》的頭號讀者，因為對女主角的命運感同身受而憂鬱的死去。湯顯祖知道後，為她作了〈哭婁江女子二首〉。作家蔣士銓於是寫了《臨川夢》，讓現實中無緣相識的劇作家湯顯祖與俞二娘的靈魂在夢境中相聚，進而譜出一段深刻動人的愛情故事。

寓言是一種文學的體裁，透過具體而淺白的故事，寄寓諷勸和教育意義，讓深奧的道理更容易讓人接受。湯顯祖在創作的時候，常常把自己的思想、抱負及政治態度投射進作品裡。因此，他的創作不僅展現出深度內涵，也體現了強烈的寓言精神。

湯顯祖在浙江遂昌當官的時候，勤政愛民，對於農事開墾也很重視。因此，每到了春天最適合耕作的時候，他就會率領著部下，帶上花酒和春鞭，舉行「班春勸農」的儀式，鼓勵大家勤作農事。近年來，遂昌為了感念湯顯祖，又重新推動勸農節的儀式。

唐末趙崇祚編輯的《花間集》，是中國文學史上第一部詞集，收錄了十八位「花間詞派」詩人的經典作品，反映出當代典型的創作取向、審美藝術和形式風格。明朝《湯顯祖批評花間集》則是《花間集》的第一個評本，裡頭有湯顯祖對這些作品的賞析，也有對詞人、詞派、詞風的評論。右圖為明朝萬曆刻本《花間集》。

TOP PHOTO

擬古指的是將前人的詩文作為摹寫對象，仿效當時的形式與風格來創作，後來也漸漸成為一種寫作的方式。湯顯祖所處的年代正盛行擬古風氣，文壇受此思潮影響。不過，對於不喜歡受到束縛的湯顯祖來說，他更崇尚自由自主的創作，就算真的要擬古，也要從中變化翻新才行。

湯顯祖一生歷經各地，更因直言進諫觸犯權貴，而被貶至遙遠的中國南方。有些地方還被他寫入了《牡丹亭》。

湯顯祖自北京見習完後，到南京擔任太常寺博士，正式開始仕宦生活。南京是明朝重要都市之一，衙門體系完整，卻因為沒有政治實權，使得在這兒的官職形同虛設。不過，當時人文薈萃的南京聚集了很多名家，湯顯祖反而因為官事清閒，得以和其他文人切磋唱和，生活倒也怡然自得。

徐聞縣受廣東省管轄，位於雷州半島上，是中國陸地部分的最南端。湯顯祖在徐聞縣當典史的時候，勤政愛民，為了改善當地人好鬥的風氣，創辦了「貴生書院」，教導人民知識和禮儀，藉由認識生命的價值和重要性，讓每個人都能和平相處。

湯顯祖貶往徐聞縣的路上，趁機一訪嶺南地區，還繞道遊覽了他一直想去的嶺南第一山——羅浮山。羅浮山的山勢雄偉，風景閣麗，是道家修行煉丹的勝地。對從小深受道教思想影響的湯顯祖來說，有機會來羅浮山遊覽已是心滿意足。

湯顯祖的詩句「一生痴絕處，無夢到徽州」，常被徽州當地用來作為旅遊宣傳。有人認為這詩句是用來讚美徽州之美，也有人持相反看法，認為當時湯顯祖是因為朋友勸他去徽州拜訪重臣許國，求得官職俸祿，他沒有聽從建議，反而寫下這詩句，表明自己無意追逐功名。

南京

徐聞縣

相關的地方

羅浮山

徽州

臨川

江西臨川自古英才輩出，被稱為「才子之鄉」，湯顯祖也是在這裡出生的。經過一番遊歷後，棄官的湯顯祖回到臨川，晚年建造「玉茗堂」，在堂裡寫作、會客和排戲。

湯顯祖的貶謫之旅長途跋涉後，來到了澳門。當時正逢葡萄牙租借澳門四十年，沿途所見異裝的外國商人、葡國少女、洋教堂等，都被興奮的湯顯祖記錄進詩裡。後來，這趟旅途見聞成為創作的養分，影響了他的戲曲創作，《牡丹亭》就多次提到澳門，例如〈謁遇〉中提及「香山墺」的「多寶寺」，原本是由「番鬼們建造」的，指的就是澳門的「大三巴寺」（右圖）。

澳門

TOP PHOTO

遂昌縣

遂昌縣隸屬浙江省麗水市，歷史文化悠久，有「明代一條街」的美稱。湯顯祖在遂昌當了五年知縣，他振興教育、鼓勵農畜、安定民生，政教治績斐然。右圖為遂昌縣雲海壯麗的南尖岩風景區。

TOP PHOTO

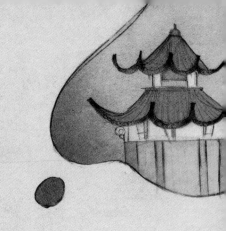

牡丹亭

　　杜麗娘的故事，在古代，就像一部大受歡迎的偶像劇，隔一陣子就會重新上映，有時還會加以改編，換換主角的造型，再添上一些嶄新的心情特寫。

　　現今看到的《牡丹亭》出版於 1598 年，正是中國明朝的萬曆年間。湯顯祖在國家貪腐、民生痛苦的亂世裡，上書勸諫，因而遭到罷免。從此，他不再對當官存有任何幻想，轉而透過寫作，傳承志業和理想。

　　他在深受歡迎的話本小說《杜麗娘慕色還魂》中，注入對社會的觀察、人性的領略，再點綴個人的感慨，寫出對青春、自由和夢想的

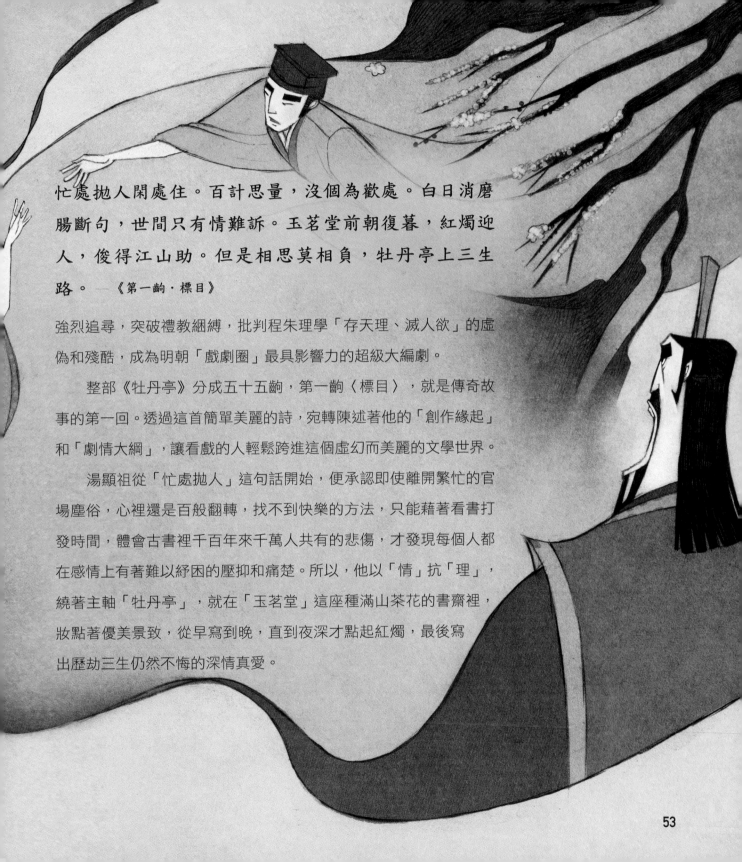

忙處拋人閒處住。百計思量，沒個為歡處。白日消磨腸斷句，世間只有情難訴。玉茗堂前朝復暮，紅燭迎人，俊得江山助。但是相思莫相負，牡丹亭上三生路。——《第一齣·標目》

強烈追尋，突破禮教綑縛，批判程朱理學「存天理、滅人欲」的虛偽和殘酷，成為明朝「戲劇圈」最具影響力的超級大編劇。

整部《牡丹亭》分成五十五齣，第一齣〈標目〉，就是傳奇故事的第一回。透過這首簡單美麗的詩，宛轉陳述著他的「創作緣起」和「劇情大綱」，讓看戲的人輕鬆跨進這個虛幻而美麗的文學世界。

湯顯祖從「忙處拋人」這句話開始，便承認即使離開繁忙的官場塵俗，心裡還是百般翻轉，找不到快樂的方法，只能藉著看書打發時間，體會古書裡千百年來千萬人共有的悲傷，才發現每個人都在感情上有著難以紓困的壓抑和痛楚。所以，他以「情」抗「理」，繞著主軸「牡丹亭」，就在「玉茗堂」這座種滿山茶花的書齋裡，妝點著優美景致，從早寫到晚，直到夜深才點起紅燭，最後寫出歷劫三生仍然不悔的深情真愛。

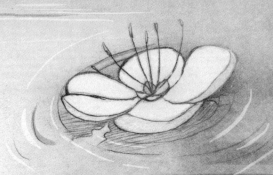

（生）則怕呵，重瞳有眼蒼天瞎，似波斯賞鑒無差。（淨）由來寶色無真假，只在淘金的會揀沙。——《第二十一齣·謁遇》

「重瞳」指的是眼睛裡有兩個瞳孔。中國史書上記載過的重瞳人物，像虞舜、項羽、李後主，多半是聖人、英雄或帝王。所以，文學傳統習慣用「重瞳」來代表帝王的眼睛，象徵威權力量，讓讀書人得到機會，才能把理想和智慧都奉獻給家國。

透過書中主角柳夢梅的懷疑，重瞳有眼嗎？蒼天瞎了嗎？這所有讀書人的心事，像夾纏在砂礫中的純金，等待識寶的波斯人發現它。無論是杜寶的成功或陳最良的失敗，他們的人生發展，全都寄託在「重瞳」的任命許可與否。

這種龐大的威權壓抑，同樣也沉重的鎮鎖著湯顯祖。

經歷官場的成、住、壞、空後，他把自己所領略到的天地至理，投射到《牡丹亭》中。柳夢梅的純真是「成」，用愛和

希望形成聚合；杜麗娘的堅持是「住」，用不計一切的專注熱烈找到出路；杜寶的固執是「壞」，揭露不可撼動的規則和秩序，成就我們，同時也侷限我們；陳最良的失落是「空」，在遍經繁華後，領略如夢一場的無常人生。

他又透過不朽的「玉茗堂四夢」，構築出立體而深邃的文學真實。把唐朝悲劇《霍小玉傳》，改寫成大團圓的《紫釵記》，用純粹的愛對抗沉重的禮教，作為「寄寓性靈」的文學宣言，這是「成」；篇幅最長、最享盛譽的《牡丹亭》，寫盡愛的信仰和堅持，是「住」；到了《南柯記》的螻蟻國，把功名利祿的虛浮崩裂，全都轉為「壞」；最後，依據唐小說《枕中記》改寫成的《邯鄲記》，篇幅最短，完成最遲，卻在黃粱一夢裡，看盡世俗百態，萬般成「空」。

日本學者青木正兒在《中國近世戲曲史》中，把湯顯祖和莎士比亞並稱為「東西方交相輝映的兩顆明星」，就是對他文學成就最真誠的致敬。

杜麗娘

　　杜麗娘順著父母親的期待，每天關在書房裡讀書，像童話裡等著被王子一吻醒來的「睡美人」。

　　誰也不知道，她心裡藏著「花木蘭」的決心和勇氣，叛逆世俗，把渴望和試探都投射在調皮、直率的丫鬟春香身上。她可以說是光，而春香是影。因為她質疑「讀死書」，春香才敢在課堂上惡作劇，因而才演變成「春香鬧學」這齣有名有趣的戲；當春香提起後花園時，老師惱怒，杜麗娘先斥責春香，用頭腦和老師周旋，一等到老師離開，就迫不及待的跟著那關不住的心飛出去。

　　從第十齣〈驚夢〉開始，不斷出現的美麗花園，就成為杜麗娘的「革命舞臺」。對現代人來

56

原來妊紫嫣紅開遍，似這般都付與斷井頹垣。良辰美景奈何天，賞心樂事誰家院？朝飛暮卷，雲霞翠軒；雨絲風片，煙波畫船，錦屏人忒看的這韶光賤！

——《第十齣·驚夢》

說，很難想像平淡無奇的「遊園」，在古代居然是掙脫禮教的越軌行為。那時候的大家閨秀是不許出門閒逛的，免得受到大自然生機燦爛的生命力誘惑，把心給玩野了。

因此，杜麗娘只能趁著父親出外勸農時，偷偷跑到花園遊賞。絕美的萬紫千紅，冷落在殘破的後花園裡，安安靜靜的，不知道過了多少年。所有的良辰美景，快樂的事、美麗的事，像朝雲晚霞，糾纏在煙霧裡，一如畫船水影，轉眼都輕輕散去……

第一次看見真正的春天，第一次發現自己的生命就和春天一樣美麗，也第一次發現自己的青春就如這片「妊紫嫣紅」，即將變成「斷井頹垣」。杜麗娘忍不住想，絕美繁華的一生，轉眼被辜負，這難道就是我們的宿命嗎？

她不甘心！所以，在超現實的幻夢中，她熱烈的和持著柳枝的秀才相知相愛。

直到美夢醒來，更加不能忍受壓迫人性的冷酷現實。而後才有不顧一切的尋夢、畫圖、死亡，以及最後又由死而生的美麗故事。

雖則是荒村店江聲月色，但說著墳窩裏前生今世。則這破門簾亂撒星光內，煞強似洞天黑地。姑姑呵，三不歸父母如何的？七件事兒夫家靠誰？心悠曳、不死不活，睡夢裏為箇人兒。—《第四十八齣·遇母》

繁花鮮豔中的斷壁殘垣，彷如一則預言，預告著杜麗娘在最美麗的青春時候，將如花凋謝。但是，同樣也在這荒園裡，藏著生生不息的生機，暗示著杜麗娘將由死重生的鮮活燦爛。

這種驚人的生命力，剛開始可能只是一種「說不清楚的勇氣」，隨著時光流轉，一點一滴回顧、思索，慢慢沉澱成「想得更清楚的智慧」。

破墳重生的杜麗娘，為了逃躲來勘查的陳最良，帶著協助她的道姑，隨柳夢梅連夜趕到京城赴考。她變賣首飾，省吃儉用，期勉柳夢梅認真準備應考。在生活最艱難的時候，杜麗娘從不抱怨，仍

然相信著這小小的荒村，無論江聲如何嗚咽，月色如何愁慘，只要對照起過去活著的時候，關在書房裡不得自由，死去的時候又只能埋在墳窩，就覺得只靠著這破門簾透進來的幾許星光，也可以找到生命的光亮！

這種珍惜眼前的領略，不是簡單的選擇，而是生命的拉鋸。

杜麗娘和道姑相處時，難免流露出心裡的不安：「姑姑啊！我這樣棄家逐夢，怎麼對得起父母親呢？生活這樣窘迫，每一天的柴米油鹽醬醋茶該怎麼辦？」

經歷過「心悠曳」的迷惑，「不死不活」的低潮，我們才能了解，正向的力量，不再只是「單純的勇氣」，更是「反覆思量的智慧」。在痛楚懷疑的漩渦中找出生路，才能相信自己的選擇，學會珍惜生命的每一個瞬間，並且為自己的每一個決定負責。

過了不久，杜麗娘便在離亂中和母親重逢。

杜麗娘死而復生，杜夫人和家人失散而又重聚，兩個人都在「失去」中，學會珍惜「擁有」。

柳夢梅

柳生家道中落，身世寒苦，早逝的父母親留下僕人郭伯照顧他。

他滿腹經綸，卻感傷自己，蹉跎歲月，還得依賴郭伯栽樹賣果來維持生活基本開銷，所以常顯得意志消沉。直到他在夢裡，看到一棵繁花盛開的老梅樹下，有美人對他嫣然一笑。

彷彿呼應著宿命的呼喚，從此，他改名夢梅，辭別郭伯。途中偶遇朝廷欽差，接受旅費濟助，千里赴考。他卻在嚴冬旅途中，凍貧交迫，不得不依憑著陳最良的善心，救他回梅花觀養病。

在這段休養期間，他發現杜麗娘封存在牡丹亭邊的畫像，而後夜夜和杜麗娘的遊魂歡會，引來石道姑的懷疑。杜麗娘不得不向他泣訴，自己只是一縷幽魂，早已為柳夢梅而死。

土地公公，今日開山，專為請起杜麗娘。不要你死的，
要箇活的。你為神正直應無妬，俺陽神觸煞俱無慮。
要他風神笑語都無二，便做著你土地公公女嫁吾。
呀，春在小梅株。——《第三十五齣‧回生》

　　柳夢梅的一生，都在別人的付出和成全中浮沉，顯得消極
灰暗。和杜麗娘相遇、相愛，讓他瞬間長大，從一直被照顧的
被動角色，轉變成在威權世界奮鬥，學會主動爭取人生，保護
自己所愛的人。在真愛之前，他表現出前所未有的勇氣，懇請
石道姑幫忙，在後花園叩祭鬼神，破墳開棺，哀求土地公公讓
杜麗娘回生，當作自己在嫁女兒，把她曾經燦爛過的風采、神
韻、笑顏、歡語，在眾花神庇護下，一起還給人間。

　　看！那鮮豔繽紛的梅花，不正是天地間的真情摯愛，在樹間宣
示生命的歡愉嗎？

　　柳夢梅因為杜麗娘而勇敢，杜麗娘也因為柳夢梅，開展出自己
的新生命。這樣的狂情烈愛，超越了世俗的一切，表現出深邃的社
會深度，在壓抑封建的時代氛圍裡，釋放了追求個性的張力，進而
揭示思想、情感和欲望所挾帶的力量，驚心動魄，最後都匯入晚明
思想解放的文化浪潮裡。

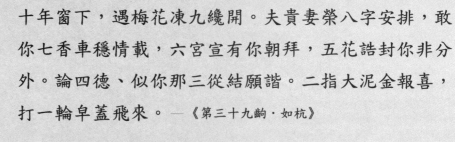

十年窗下，遇梅花凍九纏開。夫貴妻榮八字安排，敢你七香車穩情載，六宮宣有你朝拜，五花誥封你非分外。論四德、似你那三從結願諧。二指大泥金報喜，打一輪皁蓋飛來。 ──《第三十九齣·如杭》

　　杜麗娘的人生，有三層轉折。

　　第一層，由乖巧馴順的官宦千金，轉變成勇於決裂的深情女子。這個發展倉促、激烈，對照出夢想和現實的反差巨大，以致杜麗娘不得不付出燃盡生命能量的代價，病死於尋夢覓愛的徒然渴望。

　　第二層，從至柔的為情而死，轉而為至剛的為愛重生，面對閻羅王仍勇於據理力爭，歷盡艱難險阻，倉促和柳夢梅成婚。

　　這兩層生命的轉折，都可以靠她的意志力完成。可是，到了第三層，她歷經劫難，在流離途中遇母團圓；杭州被圍，懇求柳夢梅探父；最後又將在朝堂上，和夫君一起面對親爹壓制，仍然渴望接納和祝福。

　　杜麗娘這種對於「幸福大結局」的爭取，如果沒有柳夢梅的參與和成全，當然不可能做到。

　　柳夢梅為杜麗娘探訪父親，在穿越連天烽火赴杭前，用這首有名的「數字詩」向她保證，十年苦讀，經歷嚴寒的臘九歲末，梅花開時，命運就會回應堅苦卓絕的人。有朝一日，華麗的香車、皇帝的宣召，冊封用的憑證，透過報喜聲中的豪華篷傘，就是他對妻子全心全意的呵護證明。

　　杜麗娘的傳奇，成了柳夢梅續寫下去的故事。他專注的愛，始終如一，即使在得知自己高中狀元還被吊打，第一個念頭也是急著送信給杜麗娘，讓她高興。

　　所有的叛逆爭取，最後又回到生命的安定和秩序。這一段為情而死又復生的玄奇佳話，得到皇帝「敕賜團圓」，象徵著傳統的約束和封建的禮教，都在漫長的奮鬥之後，轉為對生死之戀和浪漫性靈的承認與禮讚。

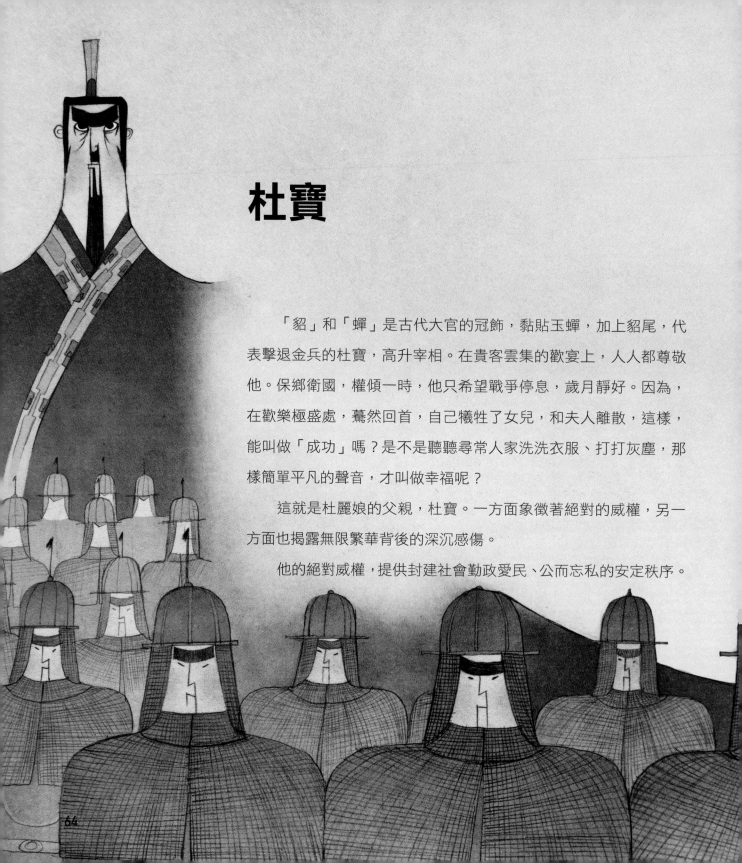

杜寶

　　「貂」和「蟬」是古代大官的冠飾，黏貼玉蟬，加上貂尾，代表擊退金兵的杜寶，高升宰相。在貴客雲集的歡宴上，人人都尊敬他。保鄉衛國，權傾一時，他只希望戰爭停息，歲月靜好。因為，在歡樂極盛處，驀然回首，自己犧牲了女兒，和夫人離散，這樣，能叫做「成功」嗎？是不是聽聽尋常人家洗洗衣服、打打灰塵，那樣簡單平凡的聲音，才叫做幸福呢？

　　這就是杜麗娘的父親，杜寶。一方面象徵著絕對的威權，另一方面也揭露無限繁華背後的深沉感傷。

　　他的絕對威權，提供封建社會勤政愛民、公而忘私的安定秩序。

攬貂蟬歲月淹留，慶龍虎風雲輻轇。君侯此一去呵，看洗兵河漢，接天高手。偏好桂花時節，天香隨馬，簫鼓鳴清晝。到長安宮闕裏報高秋，可也河上砧聲憶舊遊？——《第五十齣‧鬧宴》

也是這樣的冷酷禮教，他堅持門第，忽略真情，甚至在女兒病危時，仍然堅持婚姻不由父母做主就是敗壞家風，不惜斷送女兒生命。

湯顯祖為杜寶加工改編出許多精彩橋段，先藉著他出外「勸農」，讓杜麗娘找到自由縫隙去遊園，以表現他的認真；又創造出金兵入侵的大時代動亂，突顯杜寶「為國忘家」的力量。

透過理家、勸農、治城、禦寇的功績，讓杜寶多層次的呈現出秩序、規則和固執，這才合理解釋了他為什麼不肯接受死而復生的女兒。因為，所有過於強烈的愛和欲，都帶著驚天動地的力量，挑戰威權，衝撞秩序，同時也拆解了他一生苦苦維繫的天人、生死、君臣、是非與真假。

這個用愛情來衝撞道德體系的「革命舞臺」，因為這些豐富曲折的人性，不再只是正、反派對決，更能牽纏出更多矛盾、衝突，以及每一個角度都值得深思的模糊邊界。

你夫妻趕著了輪迴磨，便君王使的箇隨風柁，那平章怕不做賠錢貨。到不如娘共女，翁和婿，明交割。

——《第五十五齣·圓駕》

整部《牡丹亭》，用杜麗娘的堅決和柳夢梅的憨軟做底色，加上杜寶的固執，讓杜麗娘和柳夢梅的愛情，像「過關遊戲」，一關又一關，不斷克服困境，終於感天動地，進而崩裂了禮教壓抑。

這一段真醇美麗的愛情，即使經歷傳說中「陰司十殿轉輪王」的生死輪迴，死後還魂，仍禁得起更多現實的淬鍊；即便是皇帝，也願意隨風轉舵，順應他們的愛情，賞賜證婚封誥的尊榮；再怎麼強硬的宰相杜寶，也不能逆抗聖旨，只能為女兒準備了嫁妝。

走過了戰亂折磨，大家釐清了懷疑嫌隙，學習、調整，相互融合，認真尋找出生命的出口。從此，母女團聚，翁婿和解，確認了切不開、斷不盡的親屬聯繫。

　　如果說，杜麗娘是光，春香是影，她們分別在思維和行動上，表現出相互呼應的「性靈革命」。

　　相對的，杜寶是光，為他執行禮教約束的家庭教師陳最良是影，同時揭露了封建社會知識份子的渴望和限制。

　　杜寶成功了！他在當太守時，勸農勤政，深受愛戴；金人入侵，擁兵突圍，智退敵軍。可是，他犧牲了個人時間和家庭圓滿，受制於封建限制，皇帝賞賜、科考機運、人際酬酢……。即使這樣「棄絕人倫，全力以赴」的偏執，也只是屬於少數幾個人的「幸運」。表現在陳最良身上的迂腐、庸俗、虛偽、自私，是失敗後的陰影，也是時代特徵的彰顯，更是後世文學作品裡的知識份子典型。

　　杜寶和陳最良的形象塑造，又讓我們清楚看見，湯顯祖是光，杜麗娘是影，同時用文學藝術上的堅持和倔強，投入漫長而動人的「思想革命」，張揚性靈，渴望夢想，讓後來的我們，愈來愈有機會，快樂的做自己。

當牡丹亭的朋友

《牡丹亭》穿越了生與死，突破傳統規範的束縛，經歷了分離、病痛、逃難、誤解，終於等到皆大歡喜的圓滿結局，成為感動人心、傳唱千古的浪漫愛情故事。

這則故事的女主角是杜麗娘，她的青春浪漫，讓她勇於探索後花園那一片奼紫嫣紅，聽著鳥兒吱喳歡唱，細細體會大自然鮮活燦爛的生命力。她的細膩敏感，讓她一邊欣賞著良辰美景，一邊感傷自憐，於是憔悴生病。

然而，故事並不是到這裡就結束了。勇敢的杜麗娘，對著地獄判官吐露真相，成全自己重回人世、尋找柳夢梅的心願。最後，也迎來了大團圓。

杜麗娘追求自由的堅定信念，在那樣嚴守禮法的時代裡，勢必遭受許多阻礙與挫折。然而，這些困難都無法讓她退卻，她對幸福的執著，她的不屈不撓，都深刻影響了身邊的朋友與親人。她讓柳夢梅成長，只為了保護重要的人，即使遭受拷打，依然義無反顧；她讓頑固的父親在皇帝的御旨下，終於接受她追求自己幸福的事實。

當《牡丹亭》的朋友，你會看到柔弱而堅強的杜麗娘、善良的柳夢梅、活潑淘氣的春香、一心只想保家衛國不苟言笑的杜太守。他們的喜怒哀傷，透過劇中精采的對白，在讀者的眼前活躍。當然還有那瑰麗的夢境，如詩如幻的情景，死而復生的曲折劇情……。

當《牡丹亭》的朋友，你會看到，不管在多麼嚴格封閉的環境裡，追求屬於自己的自由與幸福、勇敢捍衛自己的執著與信念，原來是這麼了不起的事！

我是大導演

看完了牡丹亭的故事之後，
現在換你當導演。
請利用紅圈裡面的主題（牡丹亭），
參考白圈裡的例子（例如：遊園），
發揮你的聯想力，
在剩下的三個白圈中填入相關的詞語，
並利用這些詞語畫出一幅圖。

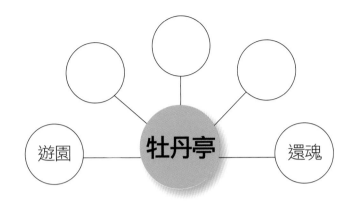

◎ 少年是人生開始的階段。因此，少年也是人生最適合閱讀經典的時候。這個時候讀經典，可為將來的人生旅程準備豐厚的資糧。因為，這個時候讀經典，可以用輕鬆的心情探索其中壯麗的天地。

◎ 【經典少年遊】，每一種書，都包括兩個部分：「繪本」和「讀本」。繪本在前，是感性的、圖像的，透過動人的故事，來描述這本經典最核心的精神。小學低年級的孩子，自己就可以閱讀。讀本在後，是理性的、文字的，透過對原典的分析與說明，讓讀者掌握這本經典最珍貴的知識。小學生可以自己閱讀，或者，也適合由家長陪讀，提供輔助說明。

◎ 【經典少年遊】，我們先出版一百種中國經典，共分八個主題系列：詩詞曲、思想與哲學、小說

001 世說新語　魏晉人物畫廊
A New Account of Tales of the World: Anecdotes in the Southern and Northern Dynasties

故事/林羽豔　原典解說/林羽豔　繪圖/吳亦之

東漢滅亡之後，魏晉南北朝便出現了。雖然局勢紛亂，但是卻形成了自由開放的風氣。《世說新語》記錄了那個時代裡，那些人怎麼說話、如何行事。讓我們看到他們的氣度、膽識與才學，還有日常生活中的風雅與幽默。

002 搜神記　神怪故事集
In Search of the Supernatural: Records of Gods and Spirits

故事/劉美瑤　原典解說/劉美瑤　繪圖/顧珮仙

晉朝的干寶，搜集了許多有關神仙鬼怪與奇思異想的故事，成為流傳至今的《搜神記》。別小看這些篇幅短小的故事，它們有些是自古流傳的神話，有的是民間傳說，統稱為「志怪小說」，成為六朝文學的燦爛花朵。

003 唐人傳奇　浪漫的傳說故事
Tang Tales: Collections of Tang Stories

故事/康逸藍　原典解說/康逸藍　繪圖/林心雁

正直的書生柳毅相助小龍女，體驗海底龍宮的繁華，最後還一同過著逍遙自在的生活。唐人傳奇是唐朝的文言短篇小說，內容充滿奇幻浪漫與俠義豪邁。在這個世界裡，我們不僅經歷了華麗的冒險，還得到了如夢似幻的生活。

004 竇娥冤　感天動地的竇娥
The Injustice to Dou E: Snow in Midsummer

故事/王蕙瑄　原典解說/王蕙瑄　繪圖/榮馬

善良正直的竇娥，為了保護婆婆，招認自己從未犯過的罪。行刑前，她許下三個誓願：血濺白布、六月飛雪、三年大旱，期待上天還她清白。三年後，竇娥的父親回鄉判案，他能發現事情的真相嗎？竇娥的心聲，能不能被聽見？

005 水滸傳　梁山好漢
Water Margin: Men of the Marshes

故事/王宇清　故事/王宇清　繪圖/李遠聰

林沖原本是威風的禁軍教頭，他個性正直、武藝絕倫，還有個幸福美滿的家庭，無奈遇上了欺壓百姓的太尉高俅，不僅遭到陷害，還被流放到偏遠地區當守軍。林沖最後忍無可忍，上了梁山，成為梁山泊英雄的一員大將。

006 三國演義　風起雲湧的英雄年代
Romance of the Three Kingdoms: The Division and Unity of the World

故事/詹雯婷　原典解說/詹雯婷　繪圖/蔣智鋒

曹操要來攻打南方了！劉備與孫權該如何應戰，周瑜想出什麼妙計？大戰在即，還缺十萬支箭，孔明卻帶著二十艘船出航！羅貫中的《三國演義》，充滿精采的故事與神機妙算，記錄這個風起雲湧的英雄年代。

007 牡丹亭　杜麗娘還魂記
Peony Pavilion: Romance in the Garden

故事/黃秋芳　原典解說/黃秋芳　繪圖/林虹亨

官家大小姐杜麗娘，遊賞美麗的後花園之後，受寒染病，年紀輕輕就離開人世。沒想到，她居然又活過來！這到底是怎麼一回事？明朝劇作家湯顯祖寫《牡丹亭》，透過杜麗娘死而復生的故事，展現人們追求自由的浪漫與勇氣！

008 封神演義　神仙名人榜
Investiture of the Gods: Defeating the Tyrant

故事/王洛夫　原典解說/王洛夫　繪圖/林家棟

哪吒騎著風火輪、拿著混天綾，一不小心就把蝦兵蟹將打得東倒西歪！個性衝動又血氣方剛的哪吒，要如何讓父親李靖理解他本性善良？又如何跟著輔佐周文王的姜子牙，一起經歷險的戰鬥，推翻昏庸的紂王，拯救百姓呢？

009 三言　古今通俗小說
Three Words: The Vernacular Short-stories Collections

故事/王蕙瑄　原典解說/王蕙瑄　繪圖/周庭萱

許宣是個老實的年輕人，在下著傾盆大雨的某一日遇見白娘子，好心借傘給她，兩人因此結為夫妻。然而，白娘子卻讓許宣捲入竊案，害他不明白的吃上官司。在美麗華貴的外表下，白娘子藏著什麼秘密？她是人還是妖？

010 聊齋誌異　有情的鬼狐世界
Strange Stories from a Chinese Studio: Tales of Foxes and Ghosts

故事/岑澎維　原典解說/岑澎維　繪圖/鐘昭弋

有個水鬼名叫王六郎，總是讓每天來打漁的漁爹滿載而歸。善良的王六郎會不會永遠陪著漁爹捕魚？好心會有好報嗎？蒲松齡的《聊齋誌異》收錄各式各樣的鄉野奇談，讓讀者看見那些鬼狐精怪的喜怒哀樂，原來就像人類一樣。

與故事、人物傳記、歷史、探險與地理、生活與素養、科技。每一個主題系列，都按時間順序來選擇代表性的經典書種。

◎ 每一個主題系列，我們都邀請相關的專家學者擔任編輯顧問，提供從選題到內容的建議與指導。我們希望：孩子讀完一個系列，可以掌握這個主題的完整體系。讀完八個不同主題的系列，可以不但對中國文化有多面向的認識，更可以體會跨界閱讀的樂趣，享受知識跨界激盪的樂趣。

◎ 如果說，歷史累積下來的經典形成了壯麗的山河，【經典少年遊】就是希望我們每個人都趁著年少探索四面八方，拓展眼界，體會山河之美，建構自己的知識體系。少年需要遊經典。經典需要少年遊。

011 說岳全傳　盡忠報國的岳飛
The Complete Story of Yue Fei: The Patriotic General
故事／鄒敦怜　原典解說／鄒敦怜　繪圖／朱麗君

岳飛才出生沒多久，就遇上了大洪水，流落異鄉。他與母親相依為命，又拜周侗為師，學習武藝，成為一個文武雙群的人。岳飛善用兵法，與金兵開戰；他最終的志向是一路北伐，收復中原。這個心願是否能順利達成呢？

012 桃花扇　戰亂與離合
The Peach Blossom Fan: Love Story in Wartime
故事／趙予彤　原典解說／趙予彤　繪圖／吳泳

明朝末年國家紛亂，江南卻是一片歌舞昇平。李香君和侯方域在此相戀，桃花扇是他們的信物。他們憑一己之力關心國家，卻因此遭到報復。清朝劇作家孔尚任，把這段感人的故事寫成《桃花扇》，記載愛情，也記載明朝歷史。

013 儒林外史　官場浮沉的書生
The Unofficial History of the Scholars: Life of the Intellectuals
故事／呂淑敏　原典解說／呂淑敏　繪圖／李遠聰

匡超人原本是個善良孝順的文人，受到老秀才馬二與縣老爺的賞識，成了秀才。只是，他變得愈來愈驕傲，也一步步犯錯。清朝作家吳敬梓的《儒林外史》，把官場上的形形色色全寫進書中，成為一部非常傑出的諷刺小說。

014 紅樓夢　大觀園的青春年華
The Story of the Stone: The Flourish and Decline of the Aristocracy
故事／唐香燕　原典解說／唐香燕　繪圖／麥震東

劉姥姥進了大觀園，看到賈府裡的太太、小姐與公子，瀟湘館、秋爽齋與蘅蕪苑的美景，還玩了行酒令、吃了精巧酥脆的點心。跟著劉姥姥進大觀園，體會園內的新奇有趣，看見燦爛的青春年華，走進《紅樓夢》的文學世界！

015 閱微草堂筆記　大家來說鬼故事
Random Notes at the Cottage of Close Scrutiny: Short Stories About Supernatural Beings
故事／邱慧敏　故事／邱慧敏　繪圖／楊瀚橋

世界上真的有鬼嗎？遇到鬼的時候該怎麼辦？看看紀曉嵐的《閱微草堂筆記》吧！他會告訴你好多跟鬼狐有關的故事。長舌的女鬼、嚇人的笨鬼、扮鬼的壞人、助人的狐鬼。看完這些故事，你或許會覺得，鬼狐比人可愛多了呢！

016 鏡花緣　海外遊歷
Flowers in the Mirror: Overseas Adventures
故事／趙予彤　原典解說／趙予彤　繪圖／林虹亨

失意的文人唐敖，跟著經商的妹夫林之洋和博學的多九公一起出海航行，經過各種奇特的國家。來到女兒國，林之洋竟然被當成王妃給抓走了！翻開李汝珍的《鏡花緣》，看看他們的驚奇歷險，猜一猜，他們最後如何歷劫歸來？

017 七俠五義　包青天為民伸冤
The Seven Heroes and Five Gallants: The Impartial Judge
故事／王洛夫　原典解說／王洛夫　繪圖／王韶薇

包公清廉公正，但宰相龐太師卻把他看作眼中釘，想作法陷害。包公能化險為夷嗎？豪俠展昭是如何發現龐太師的陰謀？說書人石玉崑和學者俞樾，把包公與江湖豪傑的故事寫成《七俠五義》，精彩的俠義故事，讓人佩服！

018 西遊記　西天取經
Journey to the West: The Adventure of Monkey
故事／洪國隆　原典解說／洪國隆　繪圖／BO2

慈悲善良的唐三藏，帶著聰明好動的悟空、好吃懶做的豬八戒、刻苦耐勞的沙悟淨，四人一同到西天取經。在路上，他們會遇到什麼驚險意外？踏上《西遊記》的取經之旅，和他們一起打敗妖怪，潛入芭蕉洞，恣意冒險！

019 老殘遊記　帝國的最後一瞥
The Travels of Lao Can: The Panorama of the Fading Empire
故事／夏婉雲　原典解說／夏婉雲　繪圖／蘇奔

老殘是個江湖醫生，搖著串鈴，在各縣市的大街上走動，幫人治病。他一邊走，一邊欣賞各地風景民情。清朝末年，劉鶚寫《老殘遊記》，透過主角老殘的所見所聞，遊歷這個逐漸破敗的帝國，呈現了一幅抒情的中國山水畫。

020 故事新編　換個方式說故事
Old Stories Retold: Retelling of Myths and Legends
故事／洪國隆　原典解說／洪國隆　繪圖／施怡如

嫦娥與后羿結婚後，有幸福美滿嗎？所有能吃的動物都被后羿獵殺精光，只剩下烏鴉與麻雀可以吃！嫦娥變得愈來愈瘦，勇猛的后羿能解決困境嗎？魯迅重新編寫中國的古代神話，翻新古老傳說的面貌，成為《故事新編》。

經典
少年遊

youth.classicsnow.net

007
牡丹亭　杜麗娘還魂記
Peony Pavilion
Romance in the Garden

編輯顧問（姓名筆劃序）
王安憶　王汎森　江曉原　李歐梵　郝譽翔　陳平原
張隆溪　張臨生　葉嘉瑩　葛兆光　葛劍雄　鄭培凱

故事：黃秋芳
原典解說：黃秋芳
繪圖：林虹亨
人時事地：洪嘉君

編輯：鄧芳喬 張瑜珊 張瓊文
美術設計：張士勇
美術編輯：顏一立
校對：陳佩伶

企畫：網路與書股份有限公司
出版者：大塊文化出版股份有限公司
台北市10550南京東路四段25號11樓
www.locuspublishing.com
讀者服務專線：0800-006689
TEL：+886-2-87123898
FAX：+886-2-87123897
郵撥帳號：18955675
戶名：大塊文化出版股份有限公司
法律顧問：全理法律事務所董安丹律師

總經銷：大和書報圖書股份有限公司
地址：新北市新莊區五工五路2號
TEL：+886-2-8990-2588
FAX：+886-2-2290-1658
製版：沈氏藝術印刷股份有限公司

初版一刷：2014年4月
定價：新台幣299元